El pagaré

Francis Scott Fitzgerald

colecciónminilecturas

El pagaré
Francis Scott Fitzgerald

Traducción de
Blanca Gago

Nørdicalibros
2021

Título original: *The I.O.U.*

© De la traducción: Blanca Gago
© De esta edición: Nórdica Libros, S.L.
Doctor Blanco Soler, 26 - CP: 28044 Madrid
Tlf: (+34) 91 705 50 57 - info@nordicalibros.com
www.nordicalibros.com
Primera edición en Nórdica Libros: septiembre de 2021
ISBN: 978-84-18930-15-7
Depósito Legal: M-21707-2021
IBIC: FA
Thema: FBA
Impreso en España / *Printed in Spain*
Gracel Asociados (Alcobendas)

Directora de la colección: Eva Ariza
Diseño de colección: Ignacio Caballero
Maquetación: Diego Moreno
Corrección ortotipográfica: Victoria Parra y
Ana Patrón

Cubierta impresa en papel Guarro Casas Masterblank gofrado

Cualquier forma de reproducción, distribución, comunicación
pública o transformación de esta obra solo puede ser realizada
con la autorización de sus titulares, salvo excepción prevista por
la ley. Diríjase a CEDRO (Centro Español de Derechos Reprográ-
ficos, www.cedro.org) si necesita fotocopiar o escanear algún
fragmento de esta obra.

I

El de arriba no es mi nombre, pertenece a un tipo que me dio permiso para firmar esta historia con el suyo. No voy a divulgar mi verdadero nombre. Soy editor. Acepto novelas largas sobre jóvenes enamorados escritas por viejas solteronas de Dakota del Sur, historias de detectives protagonizadas por miembros de clubs selectos y mujeres apaches de «profundos ojos oscuros»[1], y ensayos sobre amenazas de aquí y allá o sobre el color de la luna en Tahití, escritos por profesores universitarios y

---

[1] El término original inglés, *apache*, tomado de la tribu de indios americanos, se refiere aquí a mujeres de actitud feroz y comportamiento salvaje. *(Todas las notas de la presente edición son de la traductora)*.

demás desempleados. No acepto novelas de autores menores de quince años. Todos los columnistas y comunistas —nunca he logrado entender ninguna de esas dos palabras con claridad— despotrican de mí porque dicen que lo único que me importa es el dinero. Es verdad, me importa muchísimo. Mi mujer lo necesita y mis hijos no dejan de gastarlo. Si me ofrecieran todo el dinero que hay en Nueva York, no lo rechazaría. Prefiero sacar un libro con una preventa de quinientos mil ejemplares antes que descubrir a un Samuel Butler, un Theodore Dreiser y un James Branch Cabell en el mismo año. A ustedes les pasaría lo mismo si fueran editores.

Hace seis meses contraté un libro que, sin lugar a dudas, era una apuesta segura. Lo había escrito Harden, el investigador de fenómenos paranormales. El primer libro del doctor Harden, que yo mismo publiqué en 1913, se había afianzado en el mercado como un cangrejo en la arena de Long Island, y eso que, por entonces, las investigaciones paranormales en modo alguno estaban tan en boga como hoy en día. En la promoción de su nuevo libro, insistimos en que se trataba de un documento con una gran fuerza emocional. Su sobrino había muerto en la guerra y el doctor Harden había escrito, con notable distinción y grandes reticencias, la comunión psíquica experimentada con su sobrino, Cosgrove Harden, a través de varios médiums.

El doctor Harden no era uno de esos intelectuales engreídos, sino un psicólogo de gran prestigio, doctorado en las universidades de Viena y Oxford y profesor visitante en la Universidad de Ohio al final de su carrera. Su libro no era ni despiadado ni crédulo. En su actitud se adivinaba una seriedad fundamental subyacente. Por ejemplo, el libro mencionaba a un joven llamado Wilkins que había llamado a la puerta del doctor Harden para reclamar una deuda de tres dólares con ochenta centavos al finado, y le había pedido que averiguara las intenciones de este al respecto. El doctor Harden se negó resueltamente a atender la petición, pues consideraba que hacer algo así sería poco menos que rezar a los santos por un paraguas perdido.

Durante noventa días, estuvimos preparando la publicación. Se montaron tres propuestas alternativas para la cubierta del libro, con distintas tipografías y dos ilustraciones encargadas a cinco artistas, cuyos honorarios estaban por las nubes, antes de elegir la opción preeminente. Nada menos que siete correctores profesionales leyeron las últimas pruebas de imprenta, no fuera que el mínimo temblor en la cola de una coma o la más leve sombra en una i mayúscula ofendieran la puntillosa vista del Gran Público Americano.

Cuatro semanas antes del día previsto para el lanzamiento, enormes cajas empezaron a salir rumbo a los miles de puntos que componen la letrada brújula del país. Solo a Chicago llegaron veintisiete mil ejemplares. Siete mil fueron a Galveston, Texas. Cien copias se arrojaron, entre suspiros, a los brazos de Bisbee (Arizona), Red Wing (Minnesota), y Atlanta (Georgia). Una vez abastecidas las grandes ciudades, enviamos lotes sueltos de veinte, treinta y cuarenta libros a toda clase de lugares diseminados por el continente, igual que un artista culmina las últimas pinceladas de su cuadro con pequeños toques a mano aquí y allá.

Finalmente, la primera edición constó de trescientos mil ejemplares.

Mientras tanto, el departamento de publicidad estuvo muy atareado de nueve a cinco, seis días a la semana, poniendo cursivas, subrayando, colocando mayúsculas y dobles mayúsculas; preparando eslóganes, titulares, artículos de opinión y entrevistas; seleccionando fotografías que mostraban al doctor Harden pensando, cavilando y contemplando; recopilando imágenes suyas con una raqueta, un palo de golf, una cuñada, un océano de fondo. Se prepararon reseñas literarias a granel y se apilaron montones de copias para regalar a los críticos de miles de diarios y semanarios.

La fecha de lanzamiento fue el 15 de abril. El día 14, un contenido silencio invadió las oficinas y abajo, en el departamento de ventas, los empleados miraban nerviosos los espacios vacantes que quedaban entre las pilas de libros, así como los escaparates vacíos, donde tres expertos escaparatistas iban a pasarse la tarde trabajando para disponer los libros en cuadrados, pilas, montones, corazones, estrellas y paralelogramos.

La mañana del día 15 a las nueve menos cinco, la señorita Jordan, taquígrafa jefa, se desmayó de emoción en brazos de mi socio más joven. A las nueve en punto, un anciano caballero con bigote a lo Lord Dundreary[2] compró el primer ejemplar de *La aristocracia del mundo espiritual*.

---

[2] Personaje cómico de la obra *Our American Cousin*, de Tom Taylor (1958), que llevaba un bigote aderezado con unas patillas largas y muy pobladas.

El gran libro estaba a la venta.

Al cabo de tres semanas, decidí salir corriendo a Joliet, Ohio, en busca del doctor Harden, en un intento de emular a Mahoma y la montaña (¿o acaso era Moisés?). El hombre se había sumido en un tímido y silencioso retiro y era necesario animarlo, felicitarlo e impedir cualquier posible avance de los editores rivales. Mi intención era disponer lo necesario para asegurarme la publicación de su siguiente libro y, con esa idea en mente, me llevé varios contratos, redactados con gran esmero, que le permitirían desentenderse de todos los problemas desagradables del negocio durante los cinco años siguientes.

Salimos de Nueva York a las cuatro en punto. Cada vez que viajo, tengo por costumbre llevar media docena de ejemplares de mi libro de cabecera en una bolsa y repartirlos espontáneamente entre los pasajeros que parezcan más inteligentes, con la esperanza de que el libro logre, así, captar la atención de un nuevo grupo de lectores. Antes de llegar a Trenton, una señora con impertinentes ya estaba hojeando las páginas de su ejemplar recelosamente, instalada en su compartimento de lujo; el joven de mi compartimento seguía profundamente absorto en el suyo, y una chica con el pelo rojizo y unos ojos de una excepcional dulzura jugaba al tres en raya en la contracubierta de un tercero.

Por lo que a mí respecta, aproveché para dormitar. El paisaje de Nueva Jersey cambió modestamente al paisaje de Pensilvania. Dejamos atrás muchas vacas e incontables prados y bosques, y cada veinte minutos o así aparecía el mismo granjero, sentado en su tractor junto a la estación, mascando tabaco y mirando pensativo las ventanillas del tren.

Cuando ya debíamos de haber pasado a ese mismo granjero como diez o quince veces, desperté bruscamente de la cabezadita al reparar en que el joven de mi compartimento estaba moviendo el pie de arriba abajo como si tocara el bombo en una orquesta, al tiempo que emitía gritos y resoplidos. Me sentí halagado a la vez que sorprendido al verlo tan emocionado, emocionado por el libro que agarraba fuerte entre sus largos y blancos dedos: *La aristocracia del mundo espiritual*, del doctor Harden.

—Veo que está usted muy interesado… —observé en tono jovial.

Cuando levantó la vista, había una expresión en su mirada que solo aparece en dos clases de hombres: los expertos en espiritismo y los que despotrican del espiritismo.

Al ver que seguía bastante aturdido, repetí la observación.

—¡Interesado! —exclamó—. ¡Interesado! ¡Ay, Dios mío! —Lo estudié con atención. Sí, estaba claro que era o bien un médium, o bien uno de esos jóvenes sarcásticos que escriben historias de humor sobre espiritismo en las revistas de ocio—: Un trabajo… notable —añadió—. Después de su muerte, el héroe, por así decirlo, se debe de haber pasado la mayor parte del tiempo dictando a su tío.

Le di la razón.

—Desde luego, el valor del libro depende de que el joven se encuentre efectivamente en el lugar donde dice que está —dijo con un suspiro.

—Claro, claro… —asentí perplejo—. El joven debe de estar en el paraíso y no en… en el purgatorio.

—Sí —concedió él, pensativo—. Sería muy embarazoso que estuviera en el purgatorio, y no digamos en un tercer lugar.

Eso ya era demasiado.

—Nada en la vida de ese joven nos lleva a presuponer que pueda estar en… en…

—Claro que no. No me refería a la región en la que está pensando. Simplemente he dicho que sería muy embarazoso que estuviera en el purgatorio, y aún más embarazoso que estuviera en otro sitio.

—¿Dónde, señor?

—En Yonkers, por ejemplo.

Al oír eso, me asusté.

—¿Cómo dice?

—De hecho, si estuviera en el purgatorio, se debería a un pequeño desliz por su parte. En cambio, si estuviera en Yonkers…

—Muy señor mío… —interrumpí bruscamente—, ¿le importaría decirme qué tiene que ver Yonkers con *La aristocracia del mundo espiritual*?

—Nada. Simplemente he mencionado la posibilidad de que, si estuviera en Yonkers…

—Pero no está en Yonkers.

—No, es cierto. —Tras una pausa, añadió con otro suspiro—: De hecho, acaba de pasar Pensilvania y va camino de Ohio.

Ahí pegué un salto de puro nerviosismo. Aún no sabía dónde quería llegar el joven, pero intuía que sus comentarios traslucían un significado oculto e importante.

—¿Acaso está sintiendo su presencia astral? —inquirí rápidamente.

El joven se levantó con vehemencia.

—¡Ya está bien! —exclamó furioso—. Al parecer, llevo un mes siendo el hazmerreír de las reinas del chisme y los espiritualistas de tres al cuarto en todo el país. Resulta que me llamo Cosgrove P. Harden, señor, y no estoy muerto, nunca he estado muerto y, tras leer este libro, ¡nunca volveré a pensar en la muerte como un lugar seguro!

II

La chica del otro lado del pasillo se llevó tal sobresalto ante mi aullido de dolor y sorpresa que puso una cruz en lugar de un círculo.

De inmediato, me asaltó la visión de una larga cola de gente bajando por la calle Catorce, donde está la sede de mi editorial, hasta la calle Bowery; quinientas mil personas, cada una abrazada a su copia de *La aristocracia del mundo espiritual* y exigiendo la devolución de sus dos dólares y cincuenta centavos. Rápidamente, consideré la posibilidad de cambiar todos los nombres y pasar el libro de la colección de no ficción a la de ficción, pero era demasiado tarde incluso para eso. Trescientas mil copias ya estaban en manos del público americano.

Una vez que me recobré un poco del susto, el joven me relató sus vicisitudes desde que lo habían dado por muerto, las cuales incluían tres meses en una prisión alemana, diez meses en un hospital con fiebre cerebral y un mes más para poder recordar su nombre. A la media hora de llegar a Nueva York, se encontró con un viejo amigo que se lo había quedado mirando despavorido antes de atragantarse y caer desmayado. Al volver en sí, fueron juntos a tomarse un cóctel a un *drugstore*[3] y, en una hora, Cosgrove Harden escuchó la más increíble historia sobre sí mismo que jamás oyera un hombre.

De ahí tomó un taxi a una librería, pero el libro estaba agotado. Inmedia-

---

[3] En esa época estaba vigente la prohibición de vender bebidas alcohólicas en Estados Unidos. No obstante, había algunas excepciones, como el caso de los *drugstores*, pequeñas tiendas donde sí estaba permitido consumir licores destilados en las mesas destinadas a ello.

tamente tomó el tren rumbo a Joliet, Ohio, donde el libro cayó en sus manos por un extraño designio del azar. Primero pensé que su intención era hacerme chantaje, pero, al comparar su aspecto con la fotografía de la página 226 de *La aristocracia del mundo espiritual*, tuve que admitir que se trataba de Cosgrove P. Harden sin duda alguna. Estaba más delgado y avejentado que en la imagen, y ya no llevaba bigote, pero era el mismo hombre.

Di un profundo y trágico suspiro.

—Justo cuando se estaba vendiendo mejor que un libro de ficción.

—¡Ficción! —respondió airadamente—. ¡Es que es ficción!

—En cierto sentido… —admití.

—¿En cierto sentido? Está claro que es ficción, pues cumple todos los requisitos de la ficción: es una larga y dulce mentira. ¿O acaso diría que son hechos probados?

—No —repliqué con calma—, diría que se trata de no ficción. La no ficción es una forma literaria situada entre la ficción y los hechos.

Abrió el libro al azar y soltó un breve y conmovedor grito de angustia que obligó a la chica pelirroja a detener lo que ya, seguramente, serían las semifinales de su torneo de tres en raya.

—¡Mire! —gimió miserablemente—. ¡Mire! ¡Aquí dice «lunes»! Considere mi existencia un lunes en esa «otra orilla». ¡Hágame el favor! ¡Mire! Aquí huelo flores. Me paso el día oliendo flores. ¿Se da cuenta? En la página 194, arriba del todo, huelo una rosa…

Me acerqué el libro a la nariz con sumo cuidado.

—No huelo nada —respondí—. Quizá un poco la tinta…

—¡No huela! —exclamó—. ¡Lea! Huelo una rosa y me paso dos párrafos embelesado, pensando en la instintiva nobleza del ser humano. ¡Por un mísero olor! Luego dedico una hora más a las margaritas. ¡Por Dios! Después de esto, no podré volver a asistir a una reunión de antiguos alumnos de la universidad en toda mi vida.

Pasó unas cuantas páginas y volvió a gemir.

—Aquí estoy bailando con unos niños. Me paso el día con ellos, bailando todos juntos. Ni siquiera nos entregamos a un baile de salón decente, nos da por algo más estético. Pero es que yo no sé bailar. Odio a los niños. Y, hala, en cuanto me muero, me convierto en una mezcla de enfermera y bailarín.

—Bueno, bueno… Ese pasaje está considerado uno de los más bellos del libro —aventuré en un tono cargado de reproches—. Mire, aquí se describe su ropa. Lleva un…, veamos…, bueno, una especie de traje vaporoso que fluye a su paso…

—Sí, ropa interior flotante —dijo taciturno—, con la cabeza llena de hojas.

Tuve que admitir que las hojas estaban presentes.

—Aun así, piense que podría haber sido mucho peor. Lo ridículo de verdad habría sido responder a las preguntas sobre el reloj de su abuelo o los tres dólares y ochenta centavos que dejó a deber en el póquer.

Nos quedamos un momento en silencio.

—Vaya caradura, mi tío, y encima guasón —dijo pensativo—. Creo que está un poco chalado.

—En absoluto —repliqué convencido—. He tratado con autores durante toda mi vida y su tío es el más cuerdo de todos con los que he tratado. Nunca ha intentado que le prestemos dinero, no nos ha pedido que despidamos al departamento de publicidad ni se ha quejado de que sus amigos fueran incapaces de encontrar un solo ejemplar de su libro en todo Boston, Massachusetts.

—Aun así, voy a dar una paliza espantosa a su cuerpo astral.

—¿Eso es todo lo que va a hacer? —pregunté ansioso—. No irá a aparecer por ahí con su verdadero nombre y arruinar las ventas del libro, ¿verdad?

—¿Cómo dice?

—Seguro que no haría algo así. Piense en todas las decepciones que acarrearía su decisión. Quinientas mil personas se sentirían desgraciadas.

—Todas mujeres —dijo taciturno—. A ellas les gusta sentirse desgraciadas. Solo hay que pensar en mi novia. Iba a casarme con ella y tuve que dejarla. ¿Cómo cree que se habrá sentido al leer sobre mis correrías florales? ¿Qué cree que le habrán parecido mis danzas de aquí para allá rodeado de niños durante… durante toda la página 221? ¡Y, encima, sin ropa!

Yo estaba desesperado. Tenía que saber sus intenciones cuanto antes, por muy malas que fueran.

—¿Qué… qué es lo que piensa hacer?

—¿Hacer? —exclamó violentamente—. Pues voy a enviar a mi tío a prisión, junto a su editor y su agente de prensa, y a toda la tropa hasta el último impresor del demonio que se haya encargado de las malditas letras del libro.

III

Cuando llegamos a Joliet, Ohio, a las nueve en punto de la mañana siguiente, había logrado calmarlo y parecía haber entrado en razón. Su tío ya era mayor, le dije, y estaba confundido. Lo habían liado, sin duda alguna. Su corazón ya debía de estar muy débil, y quizá la visión de su sobrino apareciendo de repente en su camino acabaría con él definitivamente.

Para mis adentros, claro está, pensaba que podríamos llegar a algún tipo de acuerdo. Si era capaz de convencer a Cosgrove de que se esfumara durante unos cinco años a cambio de una suma razonable, quizá todo acabaría bien.

Así, cuando salimos de la estación, evitamos el centro del pueblo y emprendimos, en un silencio deprimente, el kilómetro escaso de camino hasta la casa del doctor Harden. Cuando estábamos a menos de cien metros, me detuve y me volví hacia Cosgrove.

—Espéreme aquí —le insté—. Tengo que preparar a su tío para el susto. En media hora estoy de vuelta.

Al principio puso reparos, pero finalmente se sentó en la espesa hierba de la cuneta con gesto hosco. Tras secarme bien la frente, emprendí la cuesta arriba hacia la casa.

El jardín del doctor Harden estaba inundado de luz y en él florecían las magnolias lirio, que esparcían lágrimas rosadas por toda la hierba. Lo vi de inmediato, sentado junto a una ventana abierta. El sol entraba a raudales en la estancia y se arrastraba sigiloso en cuadrados alargados que atravesaban el escritorio y la papelera, por donde se desparramaba hasta alcanzar el regazo del doctor Harden, y luego su greñudo y blanquecino rostro. Sobre la mesa del escritorio al que estaba sentado había un sobre marrón vacío, y manejaba afanoso, con los magros dedos, el fajo de recortes de periódico que acababa de extraer.

Había conseguido acercarme bastante, medio escondido entre las magnolias, y ya estaba a punto de dirigirme a él cuando vi aparecer a una chica con un vestido informal de color morado que se agachaba, atravesaba los manzanos de ramas bajas que se extendían por la parte norte del jardín, y avanzaba por la hierba en dirección a la casa. Retrocedí un poco y me quedé observando cómo se acercaba a la ventana abierta sin vacilar para dirigirse al gran doctor Harden con una actitud de lo más descarada.

—Con usted quería yo hablar —le soltó de golpe.

El doctor Harden levantó la vista y el recorte del *Philadelphia Press* que tenía en las manos se agitó en el aire. Me pregunté si sería el que se refería a él como «el nuevo san Juan».

—Es por todo este jaleo —prosiguió la chica.

Sacó un libro de debajo del brazo. Era *La aristocracia del mundo espiritual*. Lo reconocí por la cubierta roja con los ángeles en las cuatro esquinas.

—¡Por todo este jaleo! —repitió furiosa, y, con gran violencia, arrojó el libro contra un arbusto, que se deslizó entre dos rosales silvestres para acabar posado entre las raíces, en una estampa desoladora.

—¡Pero bueno, señorita Thalia!

—¡Pero bueno, señorita Thalia! —imitó ella en tono burlón—. ¡Viejo loco, tendrían que haberlo caneado por haber escrito ese libro!

—¿Caneado? —La voz del doctor Harden mostró una leve esperanza de que aquello fuera alguna clase de honor de nueva cuña, pero enseguida salió de dudas.

—¡Caneado! ¡Ya me ha oído! —estalló ella—. Por Dios, ¿no me entiende cuando le hablo? ¿Es que no ha ido a un baile de fin de curso en toda su vida?

—No tenía ni idea de que hubiera bailes de fin de curso en la barriada de Bowery[4] —replicó el doctor Harden con frialdad—, y es la primera vez que oigo el verbo *canear* con un complemento directo de persona. En cuanto al libro…

---

[4] Calle del distrito neoyorquino de Manhattan, símbolo de pobreza y marginación.

—Debería darle vergüenza lo que ha hecho.

—Si leyera estos recortes…

Ella puso los codos en el alféizar e hizo un movimiento como para tomar impulso y meterse en la casa, pero luego dejó caer la barbilla bruscamente hasta colocarla entre las manos y quedar a la misma altura que él. Entonces lo miró a los ojos y se dispuso a hablar:

—Usted tenía un sobrino —dijo—. Esa fue su desgracia. Era el hombre más bueno del mundo, el único al que quise y querré en toda mi vida. —El doctor Harden asintió e hizo ademán de interrumpir el discurso, pero Thalia dio un puñetazo en el alféizar con su manita y prosiguió—: Era valiente, honesto y tranquilo. Murió herido en un lugar extranjero, con el grado de sargento Harden, del 105.º batallón de infantería.

Tuvo una vida tranquila y una muerte honorable. ¿Y usted qué ha hecho? —Elevó la voz levemente hasta que le tembló un poco y envió una empática vibración a las enredaderas que caían por las ventanas—: ¿Qué ha hecho? ¡Lo ha convertido en el hazmerreír de todo el mundo! Lo ha devuelto a la vida como una criatura fabulosa, dedicada a enviar estúpidos mensajes sobre flores y pájaros y el número de empastes que George Washington tenía en la boca. Ha hecho…

El doctor Harden se levantó.

—¿Ha venido usted hasta aquí para decirme a mí…? —empezó, y su voz sonaba más aguda.

—¡Cállese! —gritó ella—. Voy a decirle lo que ha hecho, y no podrá detenerme ni con todos los cuerpos astrales que estén pululando ahora mismo a este lado de las Montañas Rocosas.

El doctor Harden se hundió en la silla.

—Continúe —dijo en un esfuerzo por controlarse—. Saque ese genio de arpía que tiene.

Ella se detuvo un momento y volvió la cabeza hacia el jardín. Entonces pude ver cómo se mordía el labio y parpadeaba furiosa para contener las lágrimas. Al cabo de un instante, volvió a clavar sus oscuros ojos en él.

—Se ha apropiado de su sobrino para usarlo y amasarlo como un trozo de carne —prosiguió—, carne de vidente para todas esas mujeres histéricas que se piensan que usted es un gran hombre y no un estafador. ¿Un gran hombre? ¿Sin ningún respeto por la dignidad y la prudencia que impone la muerte? Más bien un vejestorio amarillento y desdentado que ni siquiera tiene la excusa del dolor sincero para jugar con su propia credulidad y la de muchos otros tontos. Hala, ya lo he soltado.

Dicho esto, se dio la vuelta y, tan repentinamente como había venido, se alejó con la cabeza bien erguida por el camino donde yo me había ocultado. Esperé hasta que pasó de largo y, cuando ya estaba a unos veinte metros de la ventana, empecé a seguirla a través de la hierba mullida y silenciosa para hablar con ella.

—Eh, señorita Thalia. —Se me quedó mirando un poco sorprendida—. Señorita, solo quiero decirle que, si baja un poco más por el camino, le espera una sorpresa… Alguien a quien lleva muchos meses sin ver.

Me miró sin comprender.

—No quiero estropeársela —proseguí—, pero tampoco quiero que se espante si, dentro de un momento, se lleva la mayor sorpresa de su vida.

—¿Qué quiere decir? —preguntó en voz baja.

—Nada —respondí—. Siga por este camino y piense en las cosas más bonitas del mundo. Entonces, de repente, algo tremendo sucederá.

A continuación, hice una leve reverencia y me quedé allí quieto, con el sombrero en la mano y una sonrisa benevolente.

Me dirigió una mirada interrogadora y, muy despacio, empezó a alejarse. Un instante después, la perdí de vista tras la curva del muro bajo de piedra sobre el que se alzaban las magnolias.

IV

Pasaron cuatro días, cuatro días llenos de sofocos y angustia, antes de que lograra poner un poco de orden en medio del caos y preparar algo así como una reunión de negocios. El primer encuentro entre Cosgrove y su tío supuso el momento de mayor tensión de toda mi vida. Durante una hora, estuve sentado en el borde resbaladizo de una silla destartalada, dispuesto a dar un salto adelante cada vez que veía al joven Cosgrove apretar los músculos bajo la manga del abrigo. Al principio, intentaba dejarme llevar por el instinto, pero acababa deslizándome impotente de la silla al suelo, donde encontraba la postura y me quedaba sentado.

El doctor Harden dio por terminada la entrevista levantándose y subiendo las escaleras al piso de arriba. Conseguí que el joven Harden se fuera a su habitación a fuerza de amenazas y promesas, y, al final, le saqué un voto de silencio de veinticuatro horas.

Gasté todo el dinero en efectivo que llevaba en sobornar a los dos viejos sirvientes. Les supliqué que no dijeran nada. El señor Cosgrove Harden acababa de escaparse de Sing Sing.[5] Temblé un poco al decirlo, pero el ambiente estaba ya tan lleno de mentiras que una más o una menos no suponía una gran diferencia.

De no haber sido por la señorita Thalia, me habría rendido desde el primer día y me habría ido a Nueva York a esperar el inevitable derrumbe, pero ella se encontraba en tal estado de absoluta y

---

[5] Prisión de máxima seguridad de Nueva York.

beatífica felicidad que estaba dispuesta a aceptar cualquier cosa. Le propuse que, si Cosgrove y ella se casaban y se iban a vivir al Oeste con un nombre falso durante diez años, yo los mantendría generosamente. Al oírlo, empezó a brincar de alegría, y aproveché la oportunidad para pintarle la imagen de una casita rebosante de amor y brillantes colores en California, con buen tiempo todo el año, Cosgrove subiendo por el camino a cenar, las antiguas misiones allí cerca, el Golden Gate bajo el crepúsculo de junio y Cosgrove, y así todo el rato.

A medida que le contaba todo eso, Thalia emitía gritos de júbilo y ya quería partir de inmediato. Fue ella quien convenció a Cosgrove para que se reuniera con nosotros en el comedor el cuarto día. Di instrucciones a la sirvienta para que nadie nos molestara bajo ninguna circunstancia, y los cuatro nos sentamos a discutir largo y tendido sobre el asunto.

Nuestros puntos de vista eran completamente divergentes.

El punto de vista del joven Harden se acercaba bastante al de la Reina Roja:[6] alguien había cometido un error y alguien tenía que sufrir un castigo inmediatamente. La familia ya contaba con bastantes muertes falsas y, si no nos andábamos con cuidado, ¡íbamos a tener una de verdad!

El punto de vista del doctor Harden se basaba en que todo aquello era un terrible embrollo y él no sabía qué hacer al respecto, bien lo sabía Dios, y lo único que deseaba en ese momento era morirse.

---

[6] Personaje del libro *A través del espejo y lo que Alicia encontró allí*, de Lewis Carroll.

El punto de vista de Thalia consistía en haber buscado California en una guía de viajes, y el clima de allí era espléndido y Cosgrove subiría por el camino para la cena.

Mi punto de vista defendía que no había enredo tan fuerte como para impedirnos salir de aquel laberinto en que estábamos metidos, y un montón de metáforas parecidas que solo conseguían confundirnos a todos más de lo que ya estábamos en un principio.

Cosgrove Harden insistía en que trajéramos cuatro ejemplares de *La aristocracia del mundo espiritual* y deliberáramos al respecto. Su tío decía que la simple vista del libro le haría vomitar. Thalia sugirió que nos fuéramos todos a California a discutir la cuestión allí.

Saqué cuatro libros y los distribuí entre los presentes. El doctor Harden cerró los ojos y exhaló unos gemidos. Thalia abrió su ejemplar por la última página y se puso a dibujar casitas de madera celestiales, con una chica esperando en el umbral de cada puerta. El joven Harden se precipitó furioso sobre el libro en busca de la página 226.

—¡Aquí está! —exclamó—. Justo debajo de la imagen de Cosgrove Harden el día antes de embarcar, donde exhibe un pequeño lunar sobre el ojo izquierdo, podemos leer: «A Cosgrove siempre le había inquietado ese lunar. Tenía la convicción de que los cuerpos debían ser perfectos, y el orden natural debería eliminar esa imperfección». El caso es que no tengo ningún lunar.

El doctor Harden estuvo de acuerdo.

—Seguramente se trata de una mancha del negativo —sugirió.

—¡Dios santo! Si en la fotografía no me hubiera salido la pierna izquierda, seguramente me habría tenido todo el libro suspirando por una pierna izquierda, y no me la habría colocado hasta el capítulo veintinueve.

—¡Vamos a ver! —tercié—. ¿No podríamos llegar a un acuerdo? Nadie sabe que está en el pueblo. ¿No podemos…?

El joven Harden me miró con el ceño fruncido y una expresión de lo más airada.

—Aún no he empezado. Ni siquiera he mencionado la enajenación de Thalia por mí.

—¡Enajenación! —protestó el doctor Harden—. Pero si yo no le he hecho ningún caso. Ella me odia y me…

Cosgrove rio amargamente.

—No seas creído. ¿Te piensas que estoy celoso de tus viejos bigotes llenos de canas? Estoy hablando de la enajena-ción que le han provocado estas descrip-ciones sobre mí.

Thalia se inclinó hacia delante con solemnidad.

—Mis sentimientos nunca han cam-biado, Cosgrove. Nunca.

—Venga ya, Thalia —dijo Cosgro-ve con un gruñido—. Seguro que has sufrido alguna leve enajenación. ¿Qué me dices de la página 223? ¿Podrías amar a un hombre que se pasea por ahí flotando en ropa interior? ¿Un hombre de aspecto… vaporoso?

—Me dio pena, Cosgrove. Es decir, me habría dado pena si me lo hubiera creído, pero no me creí absolutamente nada.

—Entonces…, ¿no hubo ninguna enajenación?

—Ninguna, Cosgrove.

—Bueno, pero, de todos modos, estoy arruinado políticamente —prosiguió Cosgrove con resentimiento—. Es decir, si me decido a entrar en política, nunca podré llegar a ser presidente. Ni siquiera soy un fantasma demócrata… Más bien me acerco a un esnob espiritual.

El doctor Harden hundió la cabeza entre las manos, en una actitud de profundo abatimiento.

Yo, por mi parte, ya casi sumido en la desesperación, le interrumpí con gritos tan fuertes que Cosgrove se vio obligado a callar y escucharme:

—¡Les garantizo diez mil dólares al año si desaparecen durante diez años! —Thalia arrancó a aplaudir y Cosgrove, mirándola de reojo, por primera vez empezó a mostrar un leve interés en esa posibilidad.

—¿Qué pasará después de esos diez años?

—Bueno —repuse lleno de esperanza—, para entonces, el doctor Harden quizá ya esté…, esté…

—Adelante, dígalo —dijo el doctor con tristeza—. Quizá ya esté muerto. Sinceramente, eso espero.

—… y así podrá regresar con su verdadero nombre —proseguí sin asomo de piedad—. Mientras tanto, me comprometo a no publicar ninguna reedición del libro.

—Ajá… Supongamos que pasan los diez años y no se muere —objetó Cosgrove con recelo.

—Me moriré seguro —se apresuró a asegurarle el doctor—. No tienes que preocuparte por eso.

—¿Y cómo sé que te morirás?

—¿Cómo sabes que me moriré? Sencillamente, porque así es la naturaleza humana.

Cosgrove le echó una mirada muy desagradable.

—Dejemos el humor a un lado en esta discusión. Si te comprometes sinceramente a morirte, sin reservas mentales…

—Estoy dispuesto a ello. Con el dinero que me queda, dentro de diez años ya me habré muerto de hambre —asintió el doctor con tristeza.

—Bien, con eso ya bastaría. Y cuando te mueras, haz el favor de arreglártelas tú solo con el entierro. No te quedes aquí tirado por los suelos ni esperes que regrese para ocuparme de todo.

Llegados a este punto, el doctor parecía algo amargado, pero entonces Thalia, que había permanecido un rato en silencio, levantó la cabeza.

—¿No oyen algo fuera? —preguntó con curiosidad.

Yo sí que había oído algo fuera; es decir, había percibido inconscientemente un murmullo, un murmullo que crecía y se mezclaba con el sonido de muchos pasos.

—Sí, qué raro… —repuse.

En ese momento, el murmullo de fuera invadió súbitamente el comedor y se convirtió en una especie de cántico. La puerta se abrió de sopetón y una sirvienta con los ojos desorbitados irrumpió en la sala.

—¡Doctor Harden! ¡Doctor Harden! —gritó aterrorizada—. Ahí fuera hay una turba, lo menos un millón de personas que suben por el camino hacia la casa. Van a invadir el porche en un…

El ruido creció hasta que resultó evidente que la multitud ya había llegado al

porche. Me levanté y salí como acciona-
do por un resorte.

—¡Esconda a su sobrino! —grité al
doctor Harden.

Con la barba temblorosa y los ojos
muy abiertos y empañados, el doctor
Harden agarró a Cosgrove por el codo
débilmente.

—¿Qué pasa? —vaciló.

—No lo sé. ¡Lléveselo ahora mismo arriba, al desván, cúbralo de hojas
y guárdelo detrás de alguna reliquia fa-
miliar!

Dicho esto, me alejé, dejando a los
tres sumidos en un perplejo terror. Atra-
vesé el vestíbulo hasta la puerta prin-
cipal y salí a la galería del porche. No
había llegado a tiempo.

La galería del porche estaba llena de hombres; jóvenes ataviados con
trajes de cuadros y sombreros de fieltro,

viejos con puños raídos y bombín que, agolpados y a empellones, gesticulaban y me llamaban, intentando sobresalir entre la multitud. A todos los unía una misma seña de identidad: un lápiz en la mano derecha y una libreta en la izquierda, abierta y por estrenar, claramente aciaga pese a su virginal aspecto.

Tras ellos, una enorme multitud se extendía por todo el jardín: carniceros y panaderos con sus delantales, mujeres gordas con los brazos en jarras, mujeres flacas con sucios niños en brazos para que pudieran ver bien lo que acontecía, niños gritando, perros ladrando, niñas horribles saltando, gritando y aplaudiendo. Un poco más atrás, en una especie de círculo exterior, se situaban los viejos del pueblo, desdentados, con los ojos húmedos, la boca abierta y la barba gris rozando la empuñadura de sus bastones.

Y detrás de todos, en lo alto, un sol poniente de un rojo horrible e intenso jugaba con la luz, enredándose entre los trescientos hombres allí presentes.

Después del ruidoso estallido que siguió a mi aparición, se hizo un silencio profundo, cargado de significado, y, de la quietud, surgieron una docena de voces de los hombres con libreta que tenía delante.

—¡Jenkins, del *Toledo Blade*!

—¡Harlan, del *Cincinnati News*!

—¡M'Gruder, del *Dayton Times*!

—¡Cory, del *Zanesville Republican*!

—¡Jordan, del *Cleveland Plain Dealer*!

—¡Carmichael, del *Columbus News*!

—¡Martin, del *Lima Herald*!

—¡Ryan, del *Akron World*!

Era una estampa sobrecogedora y asombrosa, como un mapa de Ohio que se hubiera vuelto loco, con los kilómetros negándose a ser cuadrados y los pueblos dando saltos de un condado a otro. Sentí un temblor que me recorrió el cerebro.

Luego volvió a reinar el silencio. Percibí una agitación en medio de la multitud, una especie de oleada o torbellino que flotaba desde el centro, como una suave ráfaga de viento agitando un campo de trigo.

—¿Qué quieren? —grité con voz hueca.

Me respondió el sonido unánime de quinientas gargantas.

—¿Dónde está Cosgrove Harden?

¡Lo sabían! Los reporteros se arremolinaron alrededor para implorarme, amenazarme y exigirme.

—… Casi en secreto, ¿eh?… Por poco no sale… Arregle una entrevista… Que pague ahora para saldar sus deudas… Saque al viejo farsante…

Entonces, el extraño remolino que se había formado en el centro de la multitud avanzó hacia delante y se desvaneció. Un joven alto de pelo rubio y piernas como zancos emergió con presteza del gentío, y docenas de manos bien dispuestas lo empujaron hacia mí. Subió los escalones y se plantó en el porche.

—¿Quién es usted? —grité.

—Elbert Wilkins —farfulló—. Fui yo el que dio la voz.

Hizo una pausa, y el pecho se le hinchó. Había llegado su gran momento. Era el mensajero inmortal de los dioses.

—Lo reconocí el mismo día que llegó. Ahora verá… verá usted. —Todos nos inclinamos hacia él impacientes—. Tengo este pagaré suyo de tres dólares y ochenta centavos, que perdió en el póquer cerrado… ¡Y quiero mi dinero!

V

Soy editor. Publico libros de todo tipo. Estoy buscando un libro que venda quinientas mil copias. Ahora están de moda las novelas con algún toque paranormal, pero, si es posible, preferiría algo de un ferviente materialista sobre un miembro de un selecto club y una oscura apache, o, si no, algo de amor. El amor es una apuesta segura. Los que aman, por fuerza, tienen que estar vivos.

1920

Esta edición de *El pagaré*, compuesta en tipos
AGaramond 13/17 sobre papel offset Torras Natural
de 120 g, se acabó de imprimir en Madrid el día 24 de
septiembre de 2021, aniversario del nacimiento de
Francis Scott Fitzgerald